双子の
コッペリア

生源寺宏行

作品社

双子のコッペリア

双子のコッペリア・目次

★ 序文 07

第一部 詩集 09

第一章 季節と歳月 11

01 ★ ラッパと北風 12

02 ★ 銅像に雪が積もった 13

03 ★ 動物病院の霊安室 14

04 ★ 花の中の小人 15

05 ★ 桜、散る 17

06 ★ 藤の花 18

07 ★ 春風と詩集 19

08 ★ セイウチ 21

09 ★ カタツムリの家 22

10 ★ ヒマワリ 23

11 ★ ロビンソン・クルーソー 24

12 ★ お祭で売っているか、カラーヒヨコ 25

13 ★ 台風と草の中の虫 26

14 ★ 秋の日暮れ 27

15 ★ カマキリ虫と赤いリボン 28

16 ★ 秋の気配 29

17 ★ のれん 30

郵便はがき

料金受取人払郵便

麹町支店承認

8043

差出有効期間
平成30年12月
9日まで

切手を貼らずに
お出しください

102-8790

102

[受取人]
東京都千代田区
飯田橋2－7－4

株式会社 作品社

営業部読者係　行

||||・|・|||・|||・|||・|||・|||・|||・|||・||・||||・|||・|||・|||・||・||||

《書籍ご購入お申し込み欄》

お問い合わせ　作品社営業部
TEL 03（3262）9753／ FAX 03（3262）9757

小社へ直接ご注文の場合は、このはがきでお申し込み下さい。宅急便でご自宅までお届けいたします。
送料は冊数に関係なく300円（ただしご購入の金額が1500円以上の場合は無料）、手数料は一律230円
です。お申し込みから一週間前後で宅配いたします。書籍代金（税込）、送料、手数料は、お届け時に
お支払い下さい。

書名		定価	円	冊
書名		定価	円	冊
書名		定価	円	冊
お名前	TEL　（　　　）			
ご住所	〒			

_{フリガナ}
お名前

男 ・ 女　　　　歳

ご住所
〒

**Eメール
アドレス**

ご職業

ご購入図書名

●本書をお求めになった書店名	●本書を何でお知りになりましたか。
	イ　店頭で
	ロ　友人・知人の推薦
●ご購読の新聞・雑誌名	ハ　広告をみて（　　　　　　　　）
	ニ　書評・紹介記事をみて（　　　　）
	ホ　その他（　　　　　　　　　　　）

●本書についてのご感想をお聞かせください。

ご購入ありがとうございました。このカードによる皆様のご意見は、今後の出版の貴重な資料として生かしていきたいと存じます。また、ご記入いただいたご住所、Eメールアドレスに、小社の出版物のご案内をさしあげることがあります。上記以外の目的で、お客様の個人情報を使用することはありません。

第二章　人形たちのセレナード 31

18 ★ 人形と花束 32

19 ★ 海底の人形 33

20 ★ 難破船と人形 35

21 ★ 海と人形 37

22 ★ お菓子の人形 38

23 ★ 雨の日の人形 39

24 ★ 夜の人形 40

25 ★ 紙の人形 42

26 ★ 雲の上の人形たち 43

27 ★ 目をつぶる人形 45

第三章　家族の対話 47

28 ★ バスケットとウサギ 48

29 ★ ペアルック 50

30 ★ カボチャと黒い犬 51

31 ★ 外国旅行 53

第四章　球体について 57

32 ★ ピンポン玉の誤飲 58

33 ★ タヌキの赤ちゃん 60

34 ★ 冬の日のお日様 62

35 ★ チェコでタバコを買おうとする夢 64

第五章　雑詩編 67

36 ★ パンの分配 68

37 ★ トンネルの向こう側 70

38 ★ 短銃 72

39 ★ 関西の印象 73

40 ★ 貝のベッド 74

第二部 　短編小説　双子のコッペリア 75

第一章 77

001 ★ 刊行者の序文 78

002 ★ 登場人物一覧表 80

003 ★ 居酒屋と仏具店 83

004 ★ 四月の誕生日 85

005 ★ 私はこの盲人を知っている 89

006 ★ メールが来た 93

第二章 95

007 ★ 松の木を切り倒す 96

008 ★ ドライブと事故の顛末 100

009 ★ 火事と記憶喪失 103

010 ★ 友人の助言 104

011 ★ コーヒーのチェーン店 106

012 ★ 転落と死亡 109

第三章 115

013 ★ 双子の姉、妹に成り済ます 116

014 ★ 私たち姉妹が高次脳障害になったこと 118

015 ★ 弟のこと 120

016 ★ 老人ホームにて 122

017 ★ 玉川登志夫さんのこと 125

018 ★ 結末 128

★ 序文

　第一詩集を刊行してから数年が経過し、第二作品集が完成した。これは奇妙な構成である。第一部が詩集で、第二部が短編小説という構成である。第一詩集は短いものではあったが、存在意義は十分にあったと思う。それに対して、第二作品集の詩集の部分は、独立したものとしては、存在意義が中途半端である。幸い第二部に短編小説を加えたので、併せてお読みいただければ、存在意義は十分にあるであろう。なお、第一詩集は読み易いように配列したが、第二作品集の詩の部分はテーマ別に配列した。

　詩を書くことだけでは飽き足らなくなっていた私は、小説の構想を練った。冒頭から結末までプランができ、細部まで考えた。それから書き始めたが、書き終わってしまったら、意外と短いものとなった。予め筋立てを周到に考え過ぎたので、細部をごたごた書くのがもう面倒くさかったのだ。これは、私が演劇の影響を受けていることにもよるが、だからと言って、この作品が劇にできるというものでもない。

　コッペリアはご存じのようにバレエの題名である。このバレエが種本としたのは、ホフマンの『砂男』という小説である。コッペリアの結末がハッピーエンドであるのに対して、ホフマンの小説は悲劇的である。ホフマンの主人公は人形を本当の女性だと信じ込んでしまう。求婚しようとする程騙されている。求婚しよ

うと行ってみると、スパランツァーニとコッペリウスが人形を奪い合っており、人形は半分壊れかけている。恋人の正体が露見し、主人公は狂気に陥る。この時に、女性の正体が人形であったという種明かしがされるのである。

　私の小説は翻案である。私は題名を双子のコッペリアとした。火事で死んだ双子の姉妹を何者かが人形に擦り替えた。妹は家に残って、父親の世話をしている。姉は結婚して、家から出て行った。妹が転落事故で亡くなると、結婚生活が破綻して戻って来た姉が、妹に成り済ます。死体はこっそり処分され、ホフマンにあったような種明かしがない。

　短い作品であるので、読むのが遅いかたでも、そんなに時間はかからないであろう。ご一読くださって、もういいやと思われたら、図書館にお返しください。もう少し詳しく読んでみたいと思われたら、是非この本をお買い求めください。

第一部

詩集

第一章

季節と歳月

01 ★ ラッパと北風

冬の空き地に男が立って、
ラッパの稽古。
北風が、ラッパの音色を、
粉々に、吹き飛ばして行く。

02 ★ 銅像に雪が積もった

銅像に雪が積もった。
肩の雪はドサッと崩れた。
頭の雪は崩れずに積もって、
帽子のようになった。
カラスが飛んで来て、
銅像の肩に止まった。
銅像は、オウムを肩に乗せた、
鳥好きのおじさんみたいに見えた。

03 ★ 動物病院の霊安室

動物病院の霊安室には、
凍った動物たちの死体が保存されている。
目を閉じて、四肢を投げ出して、
横たわった死体はない。
カッと目を見開いて、
カチカチに凍りついて立っている。
忠犬ハチ公が、
絶滅した狼が、
動物園で人気者だった白熊が、
カッと目を見開いて、
四肢を踏ん張って、
カチカチに凍りついて立っている。

04 ★ 花の中の小人

花の中には小人が住んでいる。
正確に言うと、
花の蕾の中には小人が住んでいる。
昼は開花の準備をする、
花の手入れをする。
夜は、蕾の中で眠る。
花が咲くと、背中の羽を動かして、
どこかに飛んで行ってしまう。
桜の花の小人は、
蟻のように小さい。
桜の花が咲くと、
やれ、ライトアップだの、
花の下で記念撮影だのと、
人間たちは忙しい。
桜の花の下で、
お弁当を広げる人たちがいる。
飲めや歌えやの、
どんちゃん騒ぎが始まった。
チューリップの小人は、
1センチくらいだ。

第一章　季節と歳月

子供を連れた若い母親が、
指さして言った。
ほら、見てごらんなさい。
きれいに咲いたわね。
どこかで幼稚園児たちが、
チューリップの歌を歌い始めた。
咲いた、咲いた、
チューリップの花が。
花というものは、
虫を集める幻のようなものだ。
だが、人間たちは、
その花を楽しみにしている。

05 ★ 桜、散る

咲き誇る、桜の花は、
梢にかかったはかない雲か、
肩や帽子に散りかかる。

06 ★ 藤の花

藤の花の垂れ下がる下、
真っ黒けのむく犬が、
こちらを向いて吠えている。

07 ★ 春風と詩集

机の上に本が広げてあった。

窓が開いていて、

春風が、本のページを、

パラパラとめくっていた。

無名の詩人の、

あまり売れなかった詩集だ。

窓から、蝶が一匹入って来た。

蝶は言った。

あら、本だわ。

私は無学で、字が読めません。

物識りの黄金虫さんに、

読んでもらいましょう。

蝶は窓から出て行き、

今度は、黄金虫が飛んで来た。

黄金虫は、ページの上を、

ゴソゴソ這い回った。

ウムウム、虫という字が書いてある。

なんとか虫が、

葉っぱを食べていたとある。

そこには、

芋虫が葉っぱを食べていた、
と書いてあった。
そこへ、人間が階段を上って、
部屋に入って来た。
黄金虫は窓から出て行き、
人間は、窓を閉めた。
人間は本を閉じて、
棚に戻した。
それから、火をつけてタバコを吸った。
手で顎を撫で、
ヒゲが伸びてるなと言った。
それから人間は部屋から出て行き、
階段を下りて行った。

08 ★ セイウチ

長袖の人と、半袖の人が、
握手をする。
二人は、ヤシの実と、
セイウチの牙を交換する。

09 ★ カタツムリの家

カタツムリは、
家を背負って歩いている。
小さいけれど立派な家だ。
眠る時には、
家の中に入って眠る。
カタツムリの家には、
台所や便所や浴室や寝室は、
あるだろうか。
確かに、寝室はある。
他のものはよく分からない。
ナメクジは家を持たない。
そんなもの、面倒くさいから捨てたのだ。
ナメクジは、ホームレスだ。

10 ★ ヒマワリ

ヒマワリが元気よく咲いていた。
ピカピカのお日様に照らされている。
暑くたって平気。
ヒマワリは夏が大好き。
ヒマワリの花は、
赤ちゃんの顔を連想させる。
フリルのついた、
ベビー服の中の赤ちゃんの顔。
リスがそれを見て、笑っていた。
種を全部取って、
餌にして食べてやるのだ。
冬に備えて、デブデブに太った体を、
回転するドラムの中を走って、
シェイプアップするのだ。

11 ★ ロビンソン・クルーソー

草むらに、
髑髏転がる無人島。
空き缶一つ、
コップの代わり。

12 ★ お祭で売っているか、
　　カラーヒヨコ

夏祭でカラーヒヨコを買った。
緑色で、一番元気そうな奴を選んだ。
餌をやって大きくなった。
内心では、
タマゴを産むことを期待していた。
残念ながらオスだった。
毎朝、コケコッコーと、
叫んでうるさい。
堪り兼ねて、お父さんが絞め殺して、
お母さんが調理して、
みんなで唐揚げにして食べた。
肉はうまかったが、
後味は悪かった。

第一章　季節と歳月　25

13 ★ 台風と草の中の虫

真夏に台風が来て、涼しくなった。
雨は止んでいて、
風が吹いていた。
草の中で、虫が鳴いていた。
秋の気配を感じるな。

14 ★ 秋の日暮れ

落葉踏んで、
道の途中で日暮れたり。
まだ暮れ残る山の頂。

15 ★ カマキリ虫と赤いリボン

カマキリ虫が、緑の体に、
赤いリボンを結んだ。
そんなに目立ったら、
獲物が取れないよ。

16 ★ 秋の気配

君は道端の石ころ。
ただ空を見上げ、
人の足音を聞く。
アスファルトに枯葉が落ちて、
カサリと音がする。
天国でラッパが鳴った。
寝そべっていた犬が、
耳をピクリと動かした。
音楽は通り過ぎて行き、
今は音もない。
鳥たちは、
どこか遠くに飛んで行ってしまった。
過ぎて行く秋の気配を捉えようとして、
耳を澄ませた。

17★のれん

のれんをくぐって、
女の人が出て来る。
子供を抱いている。
しゃがんで、子供に靴をはかせる。

第二章

人形たちのセレナード

18 ★ 人形と花束

少女が病気で亡くなった。
両親は逆縁を悲しみ、
お墓は作らないことにした。
砕いた骨を海に撒くために、
船で出かけた。
骨を撒いている間、
船は停まっていた。
骨を撒いてから、両親は、
少女の人形と花束を海に投げ込んだ。
人形も花束も、
波の上にプカプカ浮かんでいた。
船が動き出した。
人形と花束は、
波の間にどんどん小さくなり、
両親はいつまでも手を振っていた。

19 ★ 海底の人形

ダイバーが海底に潜った。
突然、笑い声を聞いてギョッとした。
笑い声に近づいて、
ライトを向けると、
男が二人と女が一人、
立ち話をしている。
潜水用の装備はしていない。
三人とも、普段着を着ている。
一人の男が、
何かおもしろいことを喋り、
他の二人は、ワハハハハと笑っている。
こいつら人形だな、
とダイバーは思った。
ダイバーは、
喋っている男に、更に近づき、
鰭のついた足で、
男の腰のあたりに蹴りを入れた。
男はゆっくり前に倒れたが、
他の二人はまだ笑っている。
笑っている口や鼻から、泡が出ている。

第二章　人形たちのセレナード　33

女の長い髪が、
海藻のようにゆらゆら揺れている。
ダイバーはさすがに気味悪く思って、
ゆっくりと海面に向かって上り始めた。

20 ★ 難破船と人形

海底に沈んだ難破船を、
ダイバーが探索した。
ある船室に入って、
ライトを照らすと、
少女が、仰向けに倒れて死んでいた。
なぜ、船が沈みかけた時、
甲板に逃げず、
そのまま船室で死んでいたのか、
謎だった。
死体は、顔や頭は白骨化していた。
部屋の隅に、人形が落ちていた。
ダイバーは人形を拾うと、
背中につけた網の袋に入れ、
船室から出て行った。
後で調べると、
人形のドレスには、
イニシャルが刺繍してあり、
それは、
持ち主の少女のものらしかった。
残っていた乗客名簿と、

少女の年齢、
それからイニシャルから、
持ち主の名前が判明した。
人形は親戚に引き取られて行った。

21 ★ 海と人形

あなたは、子供のころに、
どんなおもちゃで遊んだだろう。
ぬいぐるみ、機関車、
自動車、人形。
人形には、赤ちゃん人形と、
ファッション人形がある。
波打ち際に、人形が落ちていた。
拾って帰るかい。
いらない、汚れている。
洗えばきれいになるし、
服なんか、
新しく作ってもらってもいい。
だって、気持ち悪い。
どこから来たか分からないし、
誰が持っていたか分からない。
じゃあ、砂の中に埋めちゃおうか。
それから、
お人形さん、
いなくなっちゃった。

22 ★ お菓子の人形

お菓子の棚があるから、
見に行こうと誘われる。
棚に行ってみると、お菓子でできた、
子供や、動物の人形が、
ガラスケースに並んでいる。
どれでも食べていいよと言われる。
どれも、古ぼけていて、
変な顔をしているので、
食べる気がおこらない。
一緒にいた女の人は、
透明な下敷きを取り出して、
キスの練習をしようよと言う。
そうして、一方の側から、
思い切り吸いついている。
反対側から吸ってよ。
気持ち悪いなあ。
それに今、
禁煙ガム食べているところだし。

23 ★ 雨の日の人形

傘をさして、人形が立っていた。
水溜りでは、
カエルが歌い、
葉っぱの上では、
カタツムリが、
目玉のついた角を出していた。
人形の立っているのは、
小学校の下駄箱のそばだった。
授業が終わって、
女の子が出て来た。
急に、雨が降って来たものですから、
傘を持ってお迎えに来ました。
女の子は、人形から、
黄色い傘を受け取ると、
パッと広げた。
ありがとうね。

24 ★ 夜の人形

お人形が、思い切り、
ボールを蹴った。
ボールは、
ぬいぐるみの熊の鼻面に当たった。
お人形は、
ドレスを着た赤ちゃん人形だった。
お人形は、怪力だった。
おもちゃ箱を持ち上げると、
床にぶちまけた。
床に転がったのは、
機関車、ラッパ、
自動車、太鼓、
ぬいぐるみのウサギ、積木などだった。
お人形は自動車に跨がると、
地面を蹴って爆走した。
タイヤでウサギの耳を踏みつけた。
最後に、積木のお城に、
激突して止まった。
お城は、
音をたてて崩壊した。

朝が来たので、
お人形はおもちゃを片づけ、
自分も眠りについた。

第二章　人形たちのセレナード

25 ★ 紙の人形

私は、紙の人形。
感情も記憶もない。
薄っぺらのぺらぺらだ。
和紙を折り紙のように折って、
糊で貼り合わせたような人形だ。
紙の上には、
文字が印字されている。
詩の断片とか、
医学の骨や筋肉の名前とか、
忘れかけたフランス語の単語とか、
そんなものだ。
誰かが、ライターで火をつけた。
紙の人形は勢いよく燃え、
灰になって床に落ちた。
後には、
人形を吊るしていた紐だけが残った。

26 ★ 雲の上の人形たち

雲の上で、人形たちが行進している。
子供のころに死んだ人間たちが、
雲の上で、
人形たちになって、
行進している。
弱い者たちのうちで、
更に弱い者たちが、
途中で倒れる。
行進中に、力尽きて、
泥の地面にうつ伏せに倒れる。
雲の上にも、
泥の地面がある。
倒れた人形の後ろを、歩いていた人形たちは、
その人形をよけて、
隊列を組み直す。
そのようにして、
何名かの人形たちが倒れた。
そして、とうとう、
目的地に着いた。
丘の上だった。

第二章　人形たちのセレナード　43

隊長は旗を立てた。
人形たちは、両腕を上げて、
万歳と叫んだ。
雲の上に風はなかった。
旗竿についた旗は、
だらりと垂れ下がっていた。

27 ★ 目をつぶる人形

おぼろげな記憶をたどると、

かつて家に、

目をつぶる人形があったような気がする。

子供が言った。

死んでるみたいで恐いね。

母親が言った。

死んでいないよ。

起き上がると、目を開けるから。

おめめ、ぱっちりでしょう。

第三章

家族の対話

28 ★ バスケットとウサギ

少女が、
誕生日にもらったバスケット。
角張った形で、
留め金がついている。
中に何が入っているかな。
少し揺すってみた。
中で、もそもそ動く気配。
開けてごらん。
少女は、留め金をはずし、蓋を開いた。
何かふわふわした白いものが見え、
そいつがピョーンと飛び出して、
床に落ちた。
白いウサギは、
あわてた様子で、
部屋の隅に走って行った。
びっくりしたなあ、もう。
少女は部屋の隅にウサギを追いつめ、
ウサギを捕らえた。
大切に世話をしないと、
死んでしまうよ。

ありがとう。

この少女、

本当は、弟か妹が欲しかったのだ。

しかし少女は、

いつまでたっても一人っ子のままだった。

第三章　家族の対話　49

29 ★ ペアルック

若い母親が赤ちゃんを連れている。
抱っこしている。
男の子だろうか、
女の子だろうかと覗き込む。
よく分からない。
親子はお揃いの、
ペアルックのセーターを着ている。
赤ちゃんは、手足を踏ん張って、
母親から離れようとする。
よく見ると、
セーターがシャム双生児みたいにつながってい
て、
絶対に離れないようになっている。

30 ★ カボチャと黒い犬

マンションのベランダのような所に、
お化けカボチャがたくさんなっている。
小さいものは、
スーパーで売っているカボチャくらい。
大きなものは、
10キロも20キロもありそうだ。
手触りがなんだかおかしい。
このお化けカボチャの手触りは、
毛布かビロードのようだ。
少し離れた所に、
大きなカボチャのようなものがあり、
それは、
毛布を被って昼寝している姉だった。
遊びに来ていて、
昼寝しているらしかった。
もぞもぞ動いて起き上がった。
起こしてしまって、ごめんなさい。
ほらそこに、
黒い大きな犬がいるよ。
黒くて毛の長い大きな犬が。

犬は部屋の中にいるらしかった。
犬が舌なめずりして、
歯が見えたような気がした。
首輪をしているかな。
している。
している。
首輪に電話番号が書いてあったら、
読んでください。
飼い主が尋ねて来て、
謝った後、
見かけは恐いけれど、
案外大人しいですよと言った。
姉も帰ったらしかった。

31 ★ 外国旅行

私は、外国に行ったことがない。

私は外国のある村にいた。

私が道を歩いていると、

子供たちがついて来た。

子供の中に、

英語の喋れる子がいる。

おじさん、どこへ行くの。

私はガイドブックを持っていた。

写真を指さしながら、

この有名な滝に行きたいんだ。

ここから行けるかな。

子供が指さした。

あっち。

歩いて行けるかな。

がやがやしてから、

行ける、行けると言い出した。

子供たちが先導し、

私はびりだった。

おじさん、歩くの遅いよ。

くたくたになったころ、

第三章　家族の対話　53

一軒の家にたどり着いた。

中から、老夫婦が顔を出した。

にこにこしている。

よく来た。

疲れただろう。

暑かっただろう。

のどが渇いただろう。

フルーツジュースのようなものをくれた。

親戚らしい人たちも集まって来た。

子供が、

自慢のおばあちゃんに会ってくれと言う。

百二歳だと言う。

私はおばあちゃんの手を握って、

幸せなおばあちゃんと言った。

気がつくと、

日が暮れかかっていた。

私は叫んだ。

ホテルの部屋が予約してあるんだ。

バスも、タクシーもないそうである。

心配するな。

泊って行け。

ご馳走するから。

私は、食事のころには、

この人たちとの付き合いに、

うんざりしていた。

客間にとおされて、ほっとしていると、

奥さんが、

お風呂にどうぞと呼びに来た。

私は気が進まなかったが、

貴重品を全部持って、

風呂に行った。

衣服を脱いで、浴槽を見ると、

湯が煮えたぎっている。

俺を釜茹でにする気か。

私は頭がおかしくなりそうになった。

とにかく逃げようと思った。

脱衣場に行くと、

自分の服も、

貴重品もなくなっていた。

私は窓から、全裸で逃げ出した。

第三章　家族の対話 ｜ 55

私は、頭がおかしくなっているらしい。

闇の中を歩いていると、

向こうから誰かが来た。

それは、年老いた父だった。

お父さん、なんですか。

お前が外国に行って、

頭がおかしくなるから、

迎えに来た。

それから、

頭の中に腫瘍ができているから、

病院に行くんだ。

それにしても、

夜だから暗いけれど、

やけに真っ暗ですね。

それから、地面の段差にずっこけた。

お前はもう目が見えないんだ。

つかまって歩け。

私は、父の肘につかまって歩き、

いつの間にか、服を着ていた。

第四章

球体について

32 ★ ピンポン玉の誤飲

昔、卓球をやっていた。
全く下手だった。
つまらなくなって、
やめてしまった。
ラケットは、
どこかになくしてしまった。
ピンポン玉だけは、
とってあった。
ピンポン玉は、
硬くて、軽くて、
空洞で、不思議な感じだ。
眼球を連想させる。
ピンポン玉に、
マジックで顔を書いた。
そのへんに置いておいたら、
犬がいたずらした。
口の中に入れているうちに、
飲み込んでしまったらしい。
捜しても、どうしても見つからない。
お前、まさか、

飲み込んじゃったのではないだろうね。

犬を動物病院に連れて行った。

レントゲンを撮ると、

おなかの中に、

ピンポン玉の影があった。

手術ということになった。

ピンポン玉は、取り出されたが、

マジックで書いた顔は消えていた。

犬にいたずらされないように、

ピンポン玉を、

本棚の高い所に飾っておいた。

第四章　球体について

33 ★ タヌキの赤ちゃん

穴の中で、
タヌキの赤ちゃんが生まれた。
オス一匹、メス二匹だった。
まだ目も見えず、
ピーピー鳴いている。
母親は、代わる代わる抱き上げて、
どの子も元気に育ってほしいね、
と言った。
父親は、ビールを飲んでいた。
両親は、夜中に、
民家でゴミを漁っているのだった。
このビールも、
飲みかけで捨ててあったのを、
拾って来たのだった。
かわいいけれど、
食べちゃいたいね。
ソーセージみたいでうまそうだ。
それから、大きな音をさせて、
おならをした。
焼き物のタヌキの人形は、

どうしていつも、
とっくりを持っているのだろう。
そうして、きん玉が、
異様に大きく表現されているのか。
父親は、もう一回おならをした。
母親は、堪らなくなって、
小さく咳をした。
枯葉の座布団の上で、
はみ出したきん玉が、
小刻みに震えていた。
貧乏揺すりをしているらしい。

34 ★ 冬の日のお日様

きょうは冬の日で、
晴れていて風がなかった。
予約してあったので、
ヘルパーさんと、
歩いて買い物に出かけた。
日差しが当たって、
気持ちが良かった。
私の目は、
光る大きなものなら見えるはずだが、
空のどのへんにお日様があるのか、
分からなかった。
太陽が輝いていなければ、
地球に水があっても、
凍りついた星になってしまっただろう。
お昼過ぎから夕方になり、
日が陰ってきた。
日が暮れるのが早いね、
というような話になった。
夏の日のお日様は、
強烈過ぎて厳しい。

冬の日のお日様は、
光と明るさがわずかに見える、
私の目のようだ。
深海には、光が届かず、
目のない生き物たちが、
暮らしているという。

35 ★ チェコでタバコを 買おうとする夢

先日、久しぶりに、

意味のある夢を見た。

私は、チェコの街角にいた。

チェコと言えば、

チャペックの芝居を読んだことがあるくらいで、

馴染みも、

思い入れもあまりない国である。

夢の中では、

プラハが首都であることも、

忘れていたくらいだ。

私はチェコの街角で、

タバコを買おうとしていた。

とある雑貨店に入って行き、

タバコはないですか、

タバコが買いたいのだ、というようなことを、

拙い英語で話す。

女の店員は、

うちの店には置いていませんと答える。

店から出て、

タバコを売っていそうな店を探す。

おもちゃ屋のような、

みやげ物屋のような店があるが、

ここにはなさそうだ。

街路には、灰皿が設置してあり、

タバコさえあれば、

ポケットのライターで吸えそうだ。

それから、私は、パチンコ屋に入って、

タバコを一箱ゲットして出て来る。

冷静に考えると、

チェコにパチンコ屋があるわけがない。

また、パチンコ屋を見たというところ、

玉を打ったというところ、

玉をタバコに交換したというところ、

の映像が完全に欠如している。

とりあえず、

タバコをポケットにしまおうとする。

すると、ポケットには、

もう一つ別なタバコが入っている。

ゲットしたのと同じ銘柄のタバコで、

第四章　球体について　65

まだ、二本か三本しか吸っていない。
小学校時代の友人が二人、
宿に帰ろうと呼びに来る。
この二人は、誰だか分かったし、
名前も覚えていた。

第五章

雑詩編

36 ★ パンの分配

若い娘が、
パンを分配していた。
娘は、フランス人らしい。
私は、フランス人では、
若い娘とは面識がない。
娘は、パンを投げ与えていた。
このパン欲しい人。
俺にくれ。私にちょうだい。
そうやって、
パンを次々と放り投げている。
私は、よそ者なので遠慮していた。
娘は、今度は大きなパンだよと言った。
俺にくれと誰かが言い、
娘の投げたパンをキャッチした。
次のパンは小さかった。
このパン欲しい人。
私は遂に、俺にくれと叫んだ。
娘は、このパンは私の分よと言い、
そのパンにかぶりついた。
パンはそれで最後だった。

怒りがこみ上げて来た。

それからしばらくして、

さっきの娘の眠っている顔が見えた。

体のほうは、掛け布団に隠れているのか、

全く見えない。

私は、窪んだ掌に、

シャンプーをたっぷり垂らすと、

その掌を裏返すように、

シャンプーを娘の目にかけた。

娘は、アッと言って、

驚いて目を開けた。

痛い。

シャンプーが誤って目に入ることくらい、

誰だってあるだろう。

娘は、一時的に、

目が見えなくなっているので、

私が声を出さなければ、

誰がやったか分からないだろう。

37 ★ トンネルの向こう側

山の奥に、トンネルがあった。
人や車の往来はない。
かねてから、
向こう側がどうなっているか、
見たいと思っていた。
入り口を覗くと、
反対側の明かりが見える。
ある日、向こう側に行ってみた。
トンネルを出た所で、
道路はなくなっていた。
そこは広い野原で、
鳥の声がした。
木は一本もなく、
鳥の姿は見えなかった。
もし、トンネルの入り口を見失ったら、
広い野原の中で、
行き倒れになるかもしれなかった。
短い草の間に、
白骨死体が、
転がっているかもしれなかった。

私は引き返した。
それから、入り口の所に、
通行止めの柵が作られた。
私は、二度と、
トンネルの向こう側に、
行ってみたいとは思わなかった。

38 ★ 短銃

陸上競技で使う、
短銃が気になる。
よーいドンとやるやつだ。
あれは、西部劇で出て来る銃を連想させる。
早撃ちで撃ち合ったり、
並べた空き缶を
撃ち落としたりするやつだ。
ジョン・レノンが殺された。
しゃがんでいた人が、
全速力で駆け出した。
公衆電話に走って、
警察に通報したのだ。
これは、スタートの合図ではない。
殺人事件だ。

39 ★ 関西の印象

学生のころ、関西に住んでいた。
関西の印象。
傾斜になった分譲地に、
似たような小さな住宅が、
せせこましく建ち並んでいる。
阪急電車で、梅田に着いた。
乗客が全部降りた後、
椅子の背もたれが、一斉に、
ドサッと位置を変えた。
大阪の近くで、
巨大なジェット機が、
街の上を飛んでいた。
それは、低空飛行で、
全然前に進んでおらず、
屋根屋根の上に、
浮かんでいるように見えた。

40 ★ 貝のベッド

盲人が貝のベッドで眠りにつく。
盲人の世界は、
出口のないトンネルのようなものだ。
そのトンネルには、
明かりもないし、映像もない。
盲人も夢を見る。
盲人は、夢の中で、
断片的ではあるが、
鮮明な映像を見て驚く。
それは、目が悪くなる前に見た、
映像の残像であるかもしれないが、
現在の心の状態をあらわしている。

第二部

短編小説　双子のコッペリア

第一章

001 ★ 刊行者の序文

　昨年、平山宗助君が亡くなった。脳腫瘍であった。手術をした時、腫瘍はもうかなり大きくなっており、手術もうまくゆかず、平山君は亡くなった。お葬式の後、私はご両親から、部屋の中の本の整理と、パソコンの中身の検討を依頼された。パソコンの中身は、まとまったものとしては、大学時代の卒業論文とこの物語があるだけだった。

　幸い、この物語は、刊行されることとなった。これは、商業的出版ではない。平山君と面識のあったかたがたにお読みいただき、少しでも平山君を思い出していただければ幸いである。

　この物語は、事実をありのままに書いたものではなさそうである。平山君が居酒屋に勤めていたこと、平山君の実家が仏具店であること、平山君がヘルパーの勉強をして、資格を取ったことなどは本当である。

　登場人物についても、居酒屋のママさんの北村さんや、ドイツ語の先生の石川さんや、友人の古川などは、実在の人物である。

しかし、三田村さんの一家と、玉川さんの一家については、実在するという確認がとれなかった。

　物語の中では、石川さんの家を、三田村さんが買い取って住んでいたとある。私が調査したところでは、石川さんの家は、清水さんという人が買い取って住んでおり、清水さんと三田村さんの間には、共通点はなにもない。

　なお、登場人物一覧表は、古川が作成した。

古川隆

002 ★ 登場人物一覧表

★平山宗助（そうすけ）。この物語の語り手。大学卒業後、広告代理店に勤めるが、三年で退社し、今は居酒屋の店員をしている。実家は仏具店で、次男。兄は高校のころ亡くなっている。父は、宗助が家業を継いでくれることを希望している。

★三田村美津保（みづほ）。三田村兼六の娘。弱視で、視覚障碍者。戸外を歩く時にはいつも杖を突いている。宗助はみづほのことを、三十歳くらいだと思っている。後半で明らかになるが、大学卒業後は、市役所の職員をしていたらしい。

★三田村兼六（けんろく）。みづほの父。元薬学部の教授。大酒のため、脳梗塞となり、左片マヒ。車椅子生活を送っている。

★玉川律子。みづほの親友。全盲の女性で、年は五十ちょっと過ぎ。以前は、高校の英語教諭

をしていたが、自動車事故で全盲となった。今はマッサージ師をしている。三田村家の過去についてよく知っている。

★北村栄（さかえ）。宗助の勤めている居酒屋の女経営者。シングルマザーで高校生の娘がいる。

★古川隆。宗助の友人。同じ大学の先輩で、宗助の所属していたパソコンサークルの部長。古川は、経済学部の大学院を出ており、JAバンクに勤めている。

★米田静江。みづほの双子の姉。消防団にいた米田と結婚したため、姓が変わっている。以前は中学の理科教諭をしていたらしい。

★三田村謙五。双子の姉妹の弟。母親を包丁で刺して、家に放火して自殺したらしい。

★石川鈴子。ドイツ語の先生の石川さんの夫人。夫君の死後、家を三田村さんに売り払って、老

人ホームに入った。両家は、家族ぐるみで親交
があった。

★玉川登志夫。律子の弟。市役所の土木課の職
員。若いころみづほと婚約していたらしい。

003 ★ 居酒屋と仏具店

　私は居酒屋の店員をしている。もう、かれこ
れ五年間勤めている。私は大学を卒業している。
広告代理店に、三年間勤めたが退社した。私に
は向いていなかった。辞める時に、上司に相談
した。話を聞かせてください。飲みに連れて行
ってあげましょう。飲み屋に行った。上司は私
に、うちを辞めて、他にやりたい仕事でもある
のですかと聞いた。特にありません。とりあえ
ず、ここを辞めて、他になにか仕事を探そうと
思っています。そんなことでは、どこへ行って
も長続きしないと思いますよと上司は言った。
最後に、つらいことや、悲しいことがあると思
いますが、くじけずに頑張ってください、それ
に、あなたはご実家の仏具店を継がれるかもし
れませんね、と言われた。

　居酒屋の就職はすぐに決まった。女性経営者
の北村栄さんは、うちのことは、腰かけだと思
ってくださっても構いません、早く転職先を探
してくださいと言われた。

　一年くらいして、転職先は見つかりましたか

第一章　　83

と言われた。いまヘルパーの勉強をしていて、講習会にもかよっています。北村さんは表情を曇らせた。ヘルパーは、主婦がパートでやっている場合が多いですね。厚生年金もつかないし、腰を痛めたら続けられません。その時には、実家に帰って、父に頭を下げて店の手伝いをさせてもらいます。北村さんは苦笑したが、曇った表情はそのままだった。

　私は、仏具店を経営する父の次男として生まれた。兄は、宗雄と言って、私とは四つ年が違う。兄は高校のころ亡くなった。バーベキューに出かけて行って、川の中州に渡ろうとして溺死した。死んだ兄は、なぜか、右手にゴルフボールを握りしめていた。母が、ゴルフボールをハンカチにくるんで泣いていた。私は、ゴルフボールをハンカチごともらって、ボールにはマジックで宗雄と書いた。兄は勉強が好きではなかった。高校を卒業したら、店を手伝うつもりでいた。両親は、店は兄さんが継ぐから、お前は好きな勉強をして好きな仕事をしなと言っていた。兄は、彫刻に凝っていて、私にも木彫りの観音様をくれた。

004 ★ 四月の誕生日

　3月の30日にお店に電話があった。女の声で、予約をしたいということらしかった。

　もしもし、お世話になります。三田村と申します。4月13日に予約をしたいのですが。何名様でいらっしゃいますか。二人です。父と私です。それで、父が車椅子で、私が視覚障碍者なのですが。いらっしゃる時は、どうやっていらっしゃるのですか。私が車椅子を押して徒歩で参ります。分かりました。承知いたしました。コース料理と特別料理のほうは、あらかじめご予約いただかないとお出しできません。通常メニューのほうは、その場でご注文いただいてもお出しできます。難しいのですね。コース料理にされると簡単です。それでも、あの、アラカルトにします。ご住所をおっしゃっていただければ、メニューをお送りいたします。それが届きましたら、またご連絡ください。ではそうしていただけますか。畏まりました。メニューは、ヘルパーさんに見ていただきます。

　4月13日の開店の時に、私は、車椅子の入る

所の椅子をどけておいた。七時になって、この間予約した親子がやってきた。北村さんが出迎えに行って言った。石川さんのお宅に入られたかたですね。住所を見てすぐ分かりました。石川さんは、良いお客様でした。うちがあのかたを殺したようなものですが。三田村さんは、石川さんは、大酒飲みで、しかも食道楽だったのだよねと言った。私は近づいて行って言った。おトイレにいらっしゃる時には、わたくしに声をかけてください。お手伝いいたします。それから、お酒と料理を運んだ。三田村さんは、貝柱の刺身を、箸で器用につまんでパクパク食べていた。冷奴に取りかかったが、これはうまくつまむことができず、さりとて不自由な左手で食器を口のところへ持ってゆくこともできないので、娘に食べさせてもらっていた。二人は閉店間際までいた。私がお勘定をした。三田村さんはトイレに行った。その間に、北村さんと娘が話をしていた。きょうが三田村さんの誕生日らしかった。八十何歳ということらしかったが、詳しいことは聞き取れなかった。

　北村さんが言った。平山君、危ないからお送

りしてください。すみませんねえ。来年もきっと来ますよ。板前さんの松島さんが、奥のほうから声をかけてくれた。平山君、皿洗いと店の掃除はわしがやっとくで、お送りしたらそのまま帰っちゃっていいよ。

　私たち三人は、春の夜道を歩いていた。桜はもう散っていた。私が車椅子を押し、娘は、杖を突きながら私の右肘をつかんで歩いていた。私は言った。石川さんはドイツ語の先生でしたが、三田村さんも何かの先生でいらしたのですか。私は、薬学部の教官でした。三田村先生とお呼びしたほうがよろしいでしょうか。三田村さんでいいですよ。ところであなた、最近ヘルパーの資格を取られたそうじゃありませんか。えっ、なぜそんなことを。あなたが着替えに行っている間に、あの青年はトイレ介助がうまかったと言ったら、ママさんが教えてくれたのです。どうですか、うちに手伝いに来てくれませんか。料理とか洗濯とか掃除とか、そういう仕事はほとんどないですよ。はあ。私は曖昧な返事をした。

　石川さんの所へ、以前お手伝いにうかがって

いたのですが、その時には、生前に本を処分されるというので、お手伝いしました。あなたは大学を出ていますよね。はい。ご専攻は何ですか。英文学です。それでは、石川さんの本の整理はおもしろかったでしょう。

005 ★ 私はこの盲人を知っている

　私は、少し以前から、例の親子が石川さんの家に住んでいるのを知っていた。ある朝私が散歩していて石川さんの家のそばを通りかかると、車椅子の老人とその娘が、デイサービスのマイクロバスに乗り込もうとするところだった。娘は、マイクロバスの扉が閉まると、よろしくお願いしまーす、行ってらっしゃい、と叫んだ。それからマイクロバスが行ってしまうと、それまで気がつかなかったが、肩に小さな鞄をかけていて、そこから折り畳みの杖を取り出した。杖で地面を探りながら、庭を通って家の戸口に消えて行った。その後も、度々その女性が杖を突いて一人で歩いているのを見かけた。

　このへんの人が利用するスーパーと、ドラッグストアーは、道を隔てて向かい合わせに建っている。

　ある日の午前中に、この女性をドラッグストアーで見かけた。私がレジで支払いをしていると、女性が入って来た。女性は、レジの脇に立って、ご案内をお願いいたしますと割と大きな

声で言った。レジの店員は、しばらくお待ちく
ださいと言うばかりで、他のスタッフを呼ぶで
もなかった。スタッフは、レジにいるこの人だ
けだったので、レジが終わったら対応しますと
いうことなのだろうか。女性はしばらく待って
いたが、レジにはもう一人お客さんが並んだ。
それで、私は女性に声をかけた。お手伝いいた
しましょうか。女性は、少し見えるらしく、私
の声、服装、立っている位置などから、店の店
員ではないと判断したらしかった。すみません、
お願いいたしますと頭を下げた。肘につかまら
せていただいてよろしいでしょうか。私が右肘
を差し出すと、左手でつかまって来た。右手で
杖と籠を持っている。籠は自分で取って来たら
しい。少しは見えるのですか。はい。それから、
いろいろな商品を取って籠に入れた。

　女性はレジに行って清算をしたが、私は横に
立って見ていた。女性はタバコを1カートン買
った。お金を支払う時に、小銭が分類してある
形の違う小銭入れから釣銭のないように支払っ
たので驚いた。女性がレジから籠を持ち上げた
ので、私は取っ手に手をかけて、私が持ちまし

ょうと言った。すみません。私は籠を台の所まで持って行った。女性が背負っていたリュックを下ろし荷物を入れ始めたので、私は言った。私はこれで失礼してよろしいでしょうか。あっ、すみません。お世話になりました。ご親切にどうも。ありがとうございました。

　私は女性と別れて、店の入り口から外へ出た。庇のなくなった所で、雨が降っていることに気がついた。私は、そこで立って待っていた。しばらくすると、さっきの女性が店から出て来た。女性も雨に気がついて、空を仰いだ。私は声をかけた。あの、すみません、傘はお持ちでしょうか。女性は、当惑したような表情を顔に浮かべた。カッパはお持ちですか。どちらも持っておりません。私は車で来たのですが、よろしかったらお送りいたしましょうか。女性はしばらく黙っていた。それから小声で、よろしいのですかと言った。どうせお近くでしょう。私は居酒屋に勤めておりまして、仕事は夕方からなのです。私は女性を後部座席に乗せた。私も乗り込んでドアを閉めると、雨がザーッと激しくなった。

どうしようかと思いましたが、お願いしてよかったです。私は女性に住所を聞いた。分かります、石川さんの家かその近くだ。そうです。石川さんの家を私の父が買ったのです。私は、石川さんが居酒屋のお客さんであったことと、本の整理をお手伝いしたことを語った。あれは、お父さんのタバコですか。いいえ、私のです。目が悪いので、火事が心配です。石川さんの家に着くころには、雨はほとんど止んでいた。女性は、別れ際にペコペコ頭を下げて、それから思い出したように私の名前はみたむらみづほですと言った。私も名乗って、勤めている居酒屋の名前も言って、よろしかったら今度お父さんとどうぞと言った。立ち去り際に、郵便受けの名前を見た。三田村兼六、美津保、とあった。

006 ★ メールが来た

　三田村兼六さんの誕生日から四日目にお店に
電話があった。お昼のランチタイムで、私は店
にいなかった。うちの店は、ランチタイムには
蕎麦（そば）をやっている。アルバイトの女の子を雇っ
ていて、その子が出前もやっている。電話に出
たのは、ママさんの北村さんであった。三田村
みづほさんからお電話でしたよ。あなたが三田
村さんの所にお手伝いにうかがう件で交渉した
いというので、平山君の携帯のメールアドレス
を教えていただけないでしょうかということで
した。構いませんよ。教えてあげてください。

　翌日にみづほからメールが届いた。それはこ
んな内容だった。

　こんにちは。三田村みづほです。午前中にう
ちにお手伝いに来ていただけないでしょうか。
お礼はいたします。とりあえず、庭の松の木を
切り倒していただきたいです。あとは、代読、
代筆、パソコンの操作などです。

　私は視覚障碍者ですが、父も緑内障で障碍者
です。うちには週三日、夕方にヘルパーさんに

第一章　｜　93

入っていただいておりますが、代読などは十分
にできません。お引き受けくださいますようで
したら、下記の電話番号までご連絡ください。

　最後のところに、携帯の電話番号が書いてあ
った。

　翌日電話すると、みづほが出た。お引き受け
いたします。よろしくお願いいたしますと言っ
て、松の木について少し尋ねた。松の木は石川
さんの子供たちが植えたもので、タマゴを産ん
でくれたニワトリの死骸を埋めた上に植えたそ
うである。伸び放題で陰になるので、切ってほ
しいということであった。

第二章

007 ★ 松の木を切り倒す

　私は、三田村さんの家を訪ねた。こんにちは。お世話になります。平山です。お手伝いにうかがいました。みづほが出て来た。こんにちは。よろしくお願いいたします。それから、ダイニングにとおされた。椅子に座らされて、みづほが言った。コーヒーをいれますのでお待ちください。インスタントですが。

　兼六さんが寝室から車椅子で出て来て、私の斜め前に座を占めた。コーヒーを飲んでしまったら、そこのパソコンを開いてテキストでファイルを作ってください。コーヒーご馳走様でした。おいしかったです。お砂糖はそのくらいでよろしかったでしょうか。これからは、もう少し少な目でお願いします。私は、家事援助、平山というファイルを作り、日付を入れた。兼六さんが言った。松の木を切る準備。道具、脚立、折り畳み鋸。私はその通りに入力した。そのパソコンは、音声ソフトが入っており、入力した通りに読み上げた。みづほが言った。カーソルを文頭に合わせて上下させると、一行をまるご

96　　第二部　短編小説　双子のコッペリア

と読みます。キーには、立体シールがベタベタ貼ってあった。みづほは私の向かいの席についた。あっ、手順の確認と入れてください。

　それから、兼六さんは手順の確認をした。倒したい側に、楔形（くさびがた）の切れ込みを入れる。反対側を切ってゆくと、切れ込みのある側に倒れる。倒れた材木が長過ぎると、フェンスを押し潰してしまうので、木は人の背の高さくらいで切ってください。そこまでで、一日です。あとは倒れた木をばらばらに切って、市役所のゴミ袋に入れて捨ててください。

　その後何日かかよったが、だいたい言われた手順どおりにできた。行くとまずみづほが、コーヒーをいれてくれるのだった。みづほがコーヒーをいれながら、たまには外で、専門店のコーヒーを飲んでみたいなと言った。それなら、ショッピングモールにコーヒーのチェーン店があるから行きませんか。連れて行って差し上げますよ。兼六さんが言った。車で行くなら、私は無理だな。私がデイサービスの水曜日に行ったらいい。そうだ。玉川さんが水曜日はお休みだから、誘ったらいい。そうだ、そうだ。玉ち

ちゃん、玉ちゃん、と言って、みづほは手を叩いた。玉川さんというのは誰ですか。私の親友で、五十少し過ぎの女性です。それで、全盲なのです。そのかたは、ヘルパーを使っておられますかね。使っていると思うよ。ヘルパーさんの事務所を紹介していただきたいですね。教えてくれると思いますよ。

そこで、一つの疑いが頭をもたげた。玉川さんが五十過ぎで親友。それでは、みづほは一体何歳なのだろう。兼六さんは、八十過ぎだから、みづほだって五十過ぎにはなっているだろう。だが、見かけでは、みづほは三十くらいに見えた。なんだかおかしいなと思ったが、私は黙っていた。

みづほは、今晩玉ちゃんに電話をかけると言っていた。今度いらした時にお知らせします。次に行った時に、みづほが言った。玉ちゃんがお願いしますって言っていました。サンドイッチを持って来てくれるそうです。その玉川さんというかたは、ご病気か何かで全盲になられたのですか。みづほは口をへの字に結んで、しばらく黙った。私のせいで全盲になったのです。

98　│第二部　短編小説　双子のコッペリア

私のせいって。交通事故なのです。私が運転し
ていて、玉川さんも一緒に乗っていて事故を起
こしました。玉ちゃんは全盲になり、私は目が
今の状態になりました。以下は、みづほの話を
まとめたものである。

008 ★ ドライブと事故の顛末

　私と玉ちゃんは、共通の友人の結婚のパーティーに行くところだった。車は玉ちゃんの車で、最初は玉ちゃんが運転していた。会場は隣の県で、三時間くらいで行ける予定だった。

　玉ちゃんは前の晩寝ていなかった。当時玉ちゃんは、高校の英語の先生をしていた。期末試験の採点があり、どうしても急いでしなければならなかった。おまけに、他の英語の先生が入院されたので、他のクラスの採点もしなければならなかった。答案を校外に持ち出すことは、厳禁だったが、答案を家に持ち帰って徹夜で採点し、日曜日の学校に持って行ってロッカーにしまった。それから帰って、頼まれていたスピーチの文章を作って丸暗記した。

　玉ちゃんは額に脂汗を流しながら運転していた。運転代わろうか。時々頭ががくっとなっているよ。半分眠りながら運転しているのじゃないの。だけど、みづほあなたは記憶喪失なのだから、運転も忘れちゃってるでしょう。私はポケットを探って免許証を取り出し、玉ちゃんの

100　第二部　短編小説 双子のコッペリア

鼻先に突きつけた。記憶喪失で運転が危ないのなら、免許証は没収だと思うけれど。分かったわ。ドライブインに入ろうか。

　そこで私たちは、ドライブインに入り、トイレを借りて、缶コーヒーを飲んだ。どう、眠気は覚めた。なんだか気持ちが悪くなってきた。それじゃあ、運転代わるから、後部座席で横になりなよ。車はドライブインを出た。みづほが運転していた。玉ちゃんは後部座席で横になっていた。そのために、シートベルトはしていなかった。玉ちゃんは、かなり飛ばすねと言った。時間はたっぷりあるから、慎重にね。前方にトラックが見えた。あれ、遅いな。よし、追い抜くぞ。車は加速した。玉ちゃんは起き上がって、助手席のシートにつかまった。車は加速したまま追い越し車線には出ず、そのままトラックの荷台に突っ込んだ。フロントガラスは滅茶苦茶に砕け、玉ちゃんは助手席を飛び越えてガラスの中に顔から突っ込んだ。

　玉ちゃんは、赤十字病院に運ばれた。みづほは、大学病院に運ばれた。玉ちゃんは、両眼球破裂で、顔面がかなり破損していた。みづほは、

片方の眼球破裂。顔面の破損はそれ程ひどくなかった。ただ、ハンドルに胸をぶつけたので、肋骨が折れていた。

翌日になって、新婦の高崎ひとみさんが花束を持ってお見舞いに来た。最初は赤十字病院に行ったが、玉川律子さんは面会謝絶だった。集中治療室で治療中だった。それから、大学病院に向かった。みづほは、一般病棟の個室にいて、入って行くと、顔は包帯でグルグル巻きにされていた。話しかけたが答えなかった。意識がないのか、聞こえないふりをしているのか分からなかった。ひとみさんは、長い間みづほの手を握っていた。それから出て行ったが、廊下の所で、花束を振り回しながら叫んで暴れ出した。職員が急いでやって来て、どこかへ連れて行った。これで話は終わりだった。

大変でしたね。記憶喪失にもなられたのですか。それも交通事故ですか。いいえ。火事で一酸化炭素中毒です。いろんなことがあったのですね。火事ですか。火事で、母と弟が亡くなりました。兼六さんが吐き捨てるように言った。あの馬鹿息子めが。

009 ★ 火事と記憶喪失

　うちは火事になったのです。その火事で、母と弟が亡くなりました。父は関西方面に出向中でおりませんでした。私と私の双子の姉の静江は、二階に寝ておりましたが、煙に巻かれて一酸化炭素中毒になりました。突入した梯子隊に、仮死状態で助け出されたのです。

　気がついたら、自分の名前も分かりませんでした。父の顔も忘れていました。私たち姉妹は職を失いました。姉は父を嫌って、すぐにお嫁に行きました。だから姉は、火事に遭う前のことを父から聞くこともなかったのです。

010 ★ 友人の助言

　日曜日の午前中に、友人の古川隆さんが遊び
に来てくれた。バイクに乗って来て、おみやげ
に平たいボール箱に入ったトマトを一箱くれた。
食べきれなかったらどこかにお裾分けしてくだ
さい。彼はJAバンクに勤めているのだ。

　古川さんに上がってもらった。コーヒー飲み
ますか。お願いします。ヘルパーの資格を取っ
たそうだね。おめでとう。それで、このごろ、
三田村さんという家に出入りしているそうだね。
あの親子なんだか妙だね。お父さんが八十過ぎ
なのに、娘さんは三十そこそこだ。五十も年の
離れた親子なんてあるかね。何か聞いています
か。火事に遭って、記憶喪失になったそうだ。
双子のお姉さんも記憶喪失になって、職を失っ
たそうだ。火事で、お母さんと弟さんが亡くな
ったそうだ。それから、交通事故で視覚障碍者
になられたそうだ。ふーん。お姉さんがいて、
弟さんがいたのか。ちょっと距離を置いたほう
がよいと思いますね。なんだかうさんくさいや。

　古川さんは、私の大学の先輩で、私の所属し

ていたパソコンサークルの部長であった。当時、
古川さんは、経済学部の大学院生であった。居
酒屋のメニューに、写真を貼りつけたいのです
が見てもらえませんか。

011 ★ コーヒーのチェーン店

　その日は水曜日だった。車にみづほを乗せて、まず玉川律子さんの家の近くに行った。打ち合わせしてあったジュースの自動販売機の所で、玉川さんを拾った。それから、ショッピングモールに向かった。女性は二人で後部座席に乗っていた。みづほがドアを開けて、玉川さんを車に乗せたのだった。私は運転しながら振り向かないで言った。みづほさんの所にお手伝いにうかがっている平山宗助です。玉川律子です。初めまして。みづほが言った。平山さんも玉ちゃんも英文科だよね。共通の話題があっていいね。

　それから間もなく、ショッピングモールのコーヒー店に着いた。アイスコーヒーでよいですか。サイズは何にしますか。玉ちゃんは中でと言った。みづほは大にした。私は中にした。店員が合計金額を言う前に、玉ちゃんが私が払いますと言って、千円札を二枚出した。店員がお釣りをくれると確かめもせずに小銭入れに入れた。

　私とみづほは、タバコが吸いたいので、コー

106 ｜ 第二部　短編小説　双子のコッペリア

ヒーを持ったまま、灰皿のあるコンビニのベンチに移動した。みづほは先頭を歩いて行って、灰皿のあるベンチの右側に腰かけた。玉川さんが真ん中に座り、平山が左に座った。

　みづほはもうタバコに火をつけて、吸いながらコーヒーを飲み始めた。私と玉川さんは、コーヒーを持ったままストローには口をつけないでいた。玉川さんの利用されているヘルパーの事務所の名前と連絡先を教えていただきたいです。携帯の電話帳に入っていますので、飲んだり食べたりした後にお願いします。平山さんの卒業論文のテーマは何でしたの。メアリー・シェリーの『フランケンシュタイン』です。これ、平山さんへのプレゼントです。玉川さんは、リュックから実物大の眼球のキーホルダーを取り出してくれた。みづほは笑い出して、玉ちゃんグロテスクだなあと言った。玉川さんは、両眼が萎縮したため、義眼になっているそうである。

　それからサンドイッチを食べた。一枚ごとにラップでくるんであり、私はカツサンドとタマゴサンドをいただいた。そこへ、中年の婦人がやって来て、立ったままでタバコを吸おうとし

第二章　｜　107

た。私は立ち上がって、ここへお座りください
と言った。女の人は、立ったままで構いません
よと言われた。その人がタバコを吸ってしまっ
たので、私はリュックからデジタルカメラを出
して、三人の写真を撮ってくださいと頼んだ。

012 ★ 転落と死亡

　その日は7月14日だった。三田村さんの家を
訪れると、兼六さんは明らかに酔っていた。何
かよいことがありましたかね。全然よいことで
はないのだけれど、きょうはみづほの誕生日な
のだよ。おめでとうございます。兼六さんは、
ペットボトルに入れたウイスキーの水割りを小
脇にかかえていた。

　みづほが言った。この間お話した火事のこと
ですが、その時に焼け残った観音様があります。
そうして、机の上にあった布の包みを取り上げ
た。包みを開くと、木彫りの観音様が現れた。
あっ、それは兄が彫ったものです。私も、サイ
ズは少し違いますが同じものを持っています。
これをいただいたのは、女のかたです。多分同
じテキストを見て彫られたのでしょう。

　兼六さんが言った。そうだ、みづほ、二階の
書庫から『新約聖書略解』という本を持って来
てくれ。割と厚いがあまり大きくない黒っぽい
本だ。ルーペを持って行きなさい。みづほは二
階へ上がって行った。兼六さんは言った。私は

第二章　｜　109

無宗教ですが、みづほとあの子の母親はクリスチャンなのです。姉の静江は無宗教ですが、ピアノをやっていました。そろそろ見つかったかな。おーい、あったか。答えがない。上に上がって見て来てください。私は、ここが石川さんの家であったころ二階の書庫に入ったことがあった。

　私は階段を上がって行った。二階の廊下の所で、みづほが意地悪な顔をして通せん坊をしていた。ここから先は入らないでください。私は、急に憎らしくなった。みづほの壁側の脇の下を無理に突っ切って向こう側に行こうとした。体がぶつかって、みづほはよろけた。手摺にぶつかるようにして上体が外側に傾いた。手摺を乗り越えて頭から一階に落ちた。ドーンという音がした。私は急いで階段を下りた。

　兼六さんは、車椅子で階段の下の所まで来ていた。頭から落ちたようだな。みづほは倒れていた。片目はつむっており、もう一方の目は半分飛び出していた。これはひどいな。頭を揺すってみてくれないか。こめかみに掌を当てて揺すった。首はぐらぐらだった。もう駄目だな。

救急車を呼びましょうか。脊髄損傷でも車椅子で生活しておられるかたもあります。もう駄目だよ。死んでいるんだ。目が飛び出しているだろう。それを、指で握ってみ給え。はい。どうだ。硬いような柔らかいような。もっと強く握れ。そうして引っ張れ。私は引っ張った。駄目です。目玉を取るんだ。突然、ビリッといって目玉がとれた。な、なんだこれは。目玉の奥に電線のようなものがついていた。それをこっちによこしなさい。兼六さんは目玉を受け取ると、しばらく見ていた。それから、私の胸の真ん中めがけて、その目玉を投げつけてきた。ワーッと私は叫んだ。ワハハハハ。

　私はリュックをつかむと、その場から逃げ出した。靴をはいて喘ぎながら庭から外へ出た。その時携帯電話の呼び出し音が鳴った。平山さん、まだ仕事は終わっていません。後片づけが残っているんだ。兼六さんの声であった。兼六さんはいつも携帯を首からぶら下げていた。

　私は家に入った。兼六さんが言った。みづほを二階の奥の部屋に連れて行くんだ。廊下の突き当りだ。そこに姉の静江が寝ているから、そ

れを下に連れて来るんだ。私はリュックを下ろして、みづほを背負った。やけに重たかったが温かかった。奥の部屋に行くと、静江が仰向けに横たわっていた。顔はそっくりで、口の脇にホクロがあった。服は主婦のような感じだった。私はみづほを下ろし、手を合わせた。それから静江を背負って階段を下りた。静江の体は氷のように冷たかった。

静江は、兼六さんのベッドの横に仰向きに寝かせ、座布団を畳んで枕の代わりにした。その時に、兼六さんに気がつかれないように、さっきの目玉を拾ってリュックに入れた。兼六さんが言った。みづほの部屋から、ACアダプターを持って来てくれ。みづほの部屋は、南向きの真ん中だ。ACアダプターは、みづほのベッドの枕もとにある。私は二階に上がって行った。ACアダプターはすぐに分かった。こんなものを、何のために使うのだろう。部屋を見回した。本がかなりある。机の上に、パソコンと本を拡大して読むらしい機械があった。私はACアダプターを持って下に下りた。

兼六さんは、ACアダプターの変圧器を家庭

用コンセントに差してくださいと言った。それから、静江の頭頂部の髪の毛を強く引っ張ってくださいと言った。ビリッといって髪の毛がはがれた。なんだ、鬘か。指で探ってみてください。頭頂部に小さな穴があった。そこに、ACアダプターのプラグを差し込んでください。これから三十分したら目が覚めますから、それまでは休んでいていいです。タバコが吸いたいのですが。下で吸ってもらっては困る。みづほの部屋に灰皿があるから、あの子の部屋で吸ってください。

　私は再び二階に上がった。みづほのベッドに、大きな灰皿があった。いつも、寝タバコをしていたらしい。私はタバコを吸って、本を眺めて、それからパソコンを立ち上げた。ドキュメントを開いて、どんなファイルがあるのか見た。リュックからメモリーを取り出して、私たち姉妹が高次脳障害になったこと、というファイルと、弟のこと、というファイルをコピーした。その時、下から声がした。おーい、平山さん。静江が気がつきましたので下りて来てください。

第三章

013 ★ 双子の姉、妹に成り済ます

　私は、下に下りて行って挨拶した。私は、三田村さんの所にお手伝いにうかがっている平山宗助です。静江です。なんだか、元気のない声であった。兼六さんが言った。平山さん、きょうは遅くなってしまいましたね。申し訳ありませんがきょうは居酒屋を休んで、これからタクシーで静江を大学病院に連れて行ってください。ママさんには、平山さんが本を持って階段を下りていたら転んで、下にいたみづほも一緒に転んで、どうやら足の骨が折れたらしい、と言ってください。私は携帯を出して、ママさんに電話した。構いませんよ、どうぞお大事にということだった。

　静江は、兼六さんの寝室に、横座りして、ぼんやりとした表情をしていた。頭には相変わらず、ACアダプターをつけたままだった。兼六さんが言った。お前はこれから、大学病院に行って、右目の神経を切る手術と、左目を悪くする手術を受けるんだ。それから、ホクロも取ってもらえ。髪の毛も少し短くして、みづほのよ

116　　第二部　短編小説　双子のコッペリア

うにするんだ。帽子とマスクを着けて行け。服も替えて行くんだ。お前は静江ではなく、みづほになるんだ。お前には帰る場所はないんだ。お前は、みづほになるしか仕方がないのだ。みづほは事故で死んだのだ。警察が死体を調べたら、大スキャンダルだ。入院の理由は、足の骨折ということにするんだ。

　私は言った。それにしても、静江さんは、どうしてここの二階に倒れておられたのですか。私は、結婚しておりました。夫の米田は、強盗傷害で、服役中です。お金がなくなり、電気もガスも水道も止められました。私は仮死状態で倒れていたのです。

　兼六さんが言った。仮死状態が三か月くらい続いたらしい。医学部の助手と学生が二人、助けに行って、タクシーでうちに連れて来たのだ。病院に行ったら、脳外科の川島先生と言うのだ。三田村ですと言えば診てくれる。静江は気分が悪そうだった。何か食べるものを作りましょうか。どうかお構いなく。食べたら吐きそうです。それから一時間くらいして、静江さんと私は、大学病院に向かった。

014 ★ 私たち姉妹が高次脳障害になったこと

　あの事故があって以来、私は三田村さんの家には行かなかった。時々、あの日拾ったみづほの眼球と、玉川さんからもらった義眼のキーホルダーを見較べていた。大きさは全く同じである。義眼が、プラスチックかアクリルで硬いのに対して、みづほの眼球は弾力を持っていた。だんだん萎み始めたので、強いお酒に漬けた。みづほのパソコンからコピーしたファイルについても分析していった。まず、私たち姉妹が高次脳障害になったこと、というファイルである。以下にまとめてみた。

　父は、私たち姉妹が双子なので、それぞれ違う風に教育しようとした。私には、幼児洗礼を受けさせた。姉には、幼児の音楽教室に連れて行って、絶対音感を身につけさせた。姉には、中古のピアノを買い与えて、レッスンにかよわせた。私は中学校のころから数年間、玉川さんと一緒に、牧師さんについてギリシア語を習った。私は、大学二年の時に、父と英国旅行をし

118　　第二部　短編小説 双子のコッペリア

た。姉は、地元の国立大学に入って、中学の理科教諭になった。私は進学する時、神学部か神学校に行きたいと言った。父は、反対して、国立大学の文学部の宗教学科に行きなさいと言った。結局、父の言う通りにして、私は市役所に就職した。

　姉も私も働いていた。私たちには弟があって、医学部受験で四浪していた。その時、父は関西方面に出向中だった。弟は母を包丁で刺して、家に放火した。私たち姉妹は、二階で寝ており、煙に巻かれた。一酸化炭素中毒で、突入した梯子隊に、仮死状態で助け出された。火事以前のことは何もかも忘れていた。自分の名前。父の顔。大学病院では、この記憶喪失は特殊なケースですから、うちで続いて診察しましょうと言われた。私と姉は、仕事についての知識を全く忘れており、復職はかなわず、職を失った。火事で、母と弟は亡くなっており、家族は三人だけだった。静江は父を嫌っており、家を出たかったのか、消防団の米田という人と結婚した。この米田という男がひどい人で、後に、強盗傷害事件を起こした。

015 ★ 弟のこと

　弟さんのことについては、前のファイルで、医学部受験で四浪しており、母を刺して家に火をつけお母さんもろとも亡くなったとある。このファイルには、弟さんについてもう少し詳しく書いてあった。

　弟は謙五と言った。挨拶をしっかりと大きな声でするので良い子であった。ただ、感情が乏しいところがあった。高校二年の時に、文系と理系を分けるために、三者面談があり父が出かけた。先生は、文系の科目は大変良くできます、トップクラスですと言った。学校の先生になればよいかもしれませんね。僕は、医者になりたいんだと息子は言った。父は、薬剤師はどうだねと言った。あれは女の子の仕事だ。お前は不器用だし、目も悪いな。医者は、手術で、細い血管を縫い合わせたりしなくちゃならん。とにかく、理科系、医学部志望ということになった。現役の時に医学部に落ちた。お金がないから、国立にしてくれと言われていた。予備校には行かなかった。一浪、二浪とまた落ちた。だんだ

120　第二部　短編小説　双子のコッペリア

ん焦ってきて、通信教育とか、模擬試験などを利用するようになった。毎年志望校を変えているのもまずかった。

　事件は、四浪の時に起こった。父は弟のために犬をもらった。弟は、家族でテレビを見ながら食事をするのが好きではなかった。お盆で食事を自分の部屋に持って行き、皿は自分で洗っていた。子犬が大きくなり、弟は、紐をつけて犬を自転車で走らせるようになった。それから、犬の口を針金で縛って、犬の右目を刳り抜いた。弟は左利きだった。父が関西から帰って来て、弟を精神病院に連れて行った。医者が言った。『黒猫』という小説を知っていますか。はい、ひどいことです。片目がなくても見えるように目が二つあるのです。それから、十一月の晩に、ダイニングで弟は母を刺した。包丁を洗ってしまった。倒れている母と自分にポリ容器から灯油をかけた。それから、ポリ容器を物置に片づけてから、火をつけた。結局、石油ストーブからゴミ箱への引火ということで、保険金が下りた。

016 ★ 老人ホームにて

　私は、さまざまな疑問で頭が混乱していた。
みづほはどうしてあんなに若く見えるのだろう。
みづほも眠る時に鬢をはがして頭のてっぺんに
ACアダプターをくっつけていたのだろうか。
静江が三か月仮死状態で過ごしたというのはど
ういうことだろうか。兼六さんが言った一言、
警察がみづほの死体を調べたら大スキャンダル
だ。姉妹の体が改造されているか、ロボットの
ような機械に置き換えられているのだろうか。
あの一家のことをよく知っているのは誰だろう。
玉川さん。それに、石川さんだ。

　石川さんの奥さんは老人ホームに入っている
そうだが、お元気だろうか。ドイツ語の先生の
石川さんは、石川靖雄と言った。石川さんは晩
年には、クモ膜下出血で車椅子生活となられた。
夫人は鈴子さんだ。夫君の死後、家を売って老
人ホームに入られた。どこの老人ホームか分か
っていたので、ネットで調べて連絡した。ホー
ムには、自転車で行けそうだった。電話をかけ
て、面会できますかと尋ねると、認知症がひど

く、寝たきりで、ほとんどお話はできないと思いますということだった。お顔を見るだけでも構いませんと言うと、疲れ易いので二十分くらいにしてくださいということだった。

　私は出かけて行った。部屋に案内された。職員はすぐに行ってしまった。こんにちは。平山です。居酒屋の店員です。ご主人の本を整理した時に、お宅にお邪魔しました。鈴子さんは、手を少し動かしながら、あー、あー、あー、と声を出した。何を言っているのか分からないらしいが、誰かが喋っているなというのは分かるようである。

　部屋の扉が開いた。マッサージ師が入って来た。石川さん、マッサージですよ。あら、ご面会のかたですか。マッサージをいたしますが、気にせずにお話しください。マッサージ師は盲人だったので、私が誰だか分からなかった。私は言った。もしかして、玉川律子さんですか。はいそうですが。玉川さんは、まだ私のことが分からなかった。平山ですよ。ああ、そうでしたか。でもなんでここへ。鈴子さんが元気かなあと思いまして。

第三章　123

ところで、みづほさんは足を折って入院して
おられるのです。私のせいなのです。みづほは、
私の弟と婚約しておりました。私は、少しむっ
として、なぜ急にそんなことを言うのかと思っ
た。はい、膝を立ててください。膝の曲げ伸ば
しをします。みづほさんはいくつなのですか。
私より三つ下だから、五十です。若く見えます
ね。鈴子さん、これから暑くなりますが、お元
気でお過ごしくださいね。ここはクーラーが入
っているから、少しはましですね。それでは、
私は失礼します。

017 ★ 玉川登志夫さんのこと

　七月末に兼六さんから電話があって、8月1日にみづほさんが退院するから、手伝いに来てくださいということだった。ちょっと早くて申し訳ないですが、八時にお願いします。その時に、玉川さんの弟の登志夫さんも来られるとのことだった。

　私が行った時、登志夫さんもみづほもいなかった。兼六さんが言った。あの二人は、婚約していたのです。うちの火事の後、みづほのほうから破談にしました。ところで、あの兄弟の親父さんは銀行員でした。定年後、猛獣に凝って、夫婦でインドに虎を見に行ったり、ケニアにライオンを見に行ったりしていました。ケニアに行った時、プロペラ機が墜落して、夫婦とも亡くなりました。兄弟は保険金を手にした訳です。登志夫さんのお仕事は何ですか。市役所の土木課の職員です。大学も土木学科を出ています。

　登志夫さんがバイクでやって来た。通勤もバイクなのだそうだ。私が出迎えに出た。扉を開けると、怪訝な顔をしたので、私は名乗った。

第三章　125

お手伝いにうかがっている平山宗助と申します。玉川登志夫です。彼はそう言って、ウインクした。私は最初、ウインクしたと思ったのだが、これは、目をパチクリするチックであった。登志夫さんは、ヘルパーさんですかと聞いた。はい、まあ、そうです。お父さん、みづほさんの入院中は、お世話するかたがいなくて大変でしたでしょう。

　みづほのタクシーが着いた。みづほは足首をギブスで固め、松葉杖を突いていた。口の脇には絆創膏をつけていた。私たちは家に入って、テーブルに着いた。登志夫さんがいつもの私の席に座ってしまったので、私は立っていた。私は言った。コーヒーをいれましょうかね。みんな欲しいということだった。登志夫さん、お砂糖はどのくらい。ちょっと少な目で。

　登志夫さんが言った。ヘルパーが利用者に怪我をさせたのだったら、医療費の分、保険金がヘルパーの会社から出ませんかね。みづほさんが言った。いいんですよ。重度の障碍者は医療費に補助が出るのです。そうだ、フラワーパークに行ってみたくはないですか。そうですね、

行ってみたいですね。平山さん、僕が連れて行けるかな。盲人と腕を組んで歩くのはどうするのかな。みづほさんが右手で杖を突きながら、左手で登志夫さんの肘につかまってください。あとは、段差を教えてあげれば大丈夫です。そうか、ありがとう。みづほさん、また電話してもいいかな。

018 ★ 結末

　みづほさんが退院してから三か月たった。私は居酒屋を辞め、玉川さんの紹介してくれた会社に入った。ヘルパーの会社であるが、高齢者ではなく、障碍者を対象としている。入浴介助や盲人のガイドなどをしている。三田村兼六さんは、卒中の発作を起こし寝たきりになった。米田という人は獄死した。それで、登志夫さんとみづほさんは結婚し、兼六さんは施設に入れて、あの家は売り払った。

　私と玉川律子さんは、十一月の初めに教会にいた。ガイドを頼まれて一緒に来たのだった。私は、大学のころ聖書研究会に入っていたが、教会に来たのは初めてだった。お祈りや讃美歌を、分からないながら立ったり座ったり手を組んだりと、形だけはみんなの真似をした。献金箱が回って来た。玉川さんが千円札を入れたようだったので、私は五百円玉を入れた。

　みんな出て行ってしまった。後ろのほうの席で、二人並んでぼんやりしていた。玉川さんが言った。平山さん。はい。平山さん、私と結婚

してくれないかな。私は黙っていた。いいです
よ。本当。私、冗談で言ったのに。大丈夫です
よ。共働きすればなんとかなります。目玉のな
いお婆さんをおんぶするのも大変ですよ。私が
目玉を取り出して洗っていると、弟が気持ち悪
いって言うのです。

★著者略歴

生源寺宏行（しょうげんじ・ひろゆき）

1960年生まれ。
京都大学文学部卒業。
学習院大学大学院修士課程修了。
2002年、同大学院博士後期課程満期退学。
2004年、脳腫瘍を手術し、視覚障碍者となる。
2009年、あんまマッサージ指圧師免許取得。
2010年、脳腫瘍が再発し、手術する。
2013年、『海と人形』を作品社より刊行。
現在、静岡市に在住。

双子のコッペリア

2018年5月25日初版第1刷印刷
2018年5月30日初版第1刷発行

著　者　　生源寺宏行

発行者　　和田肇

発行所　　株式会社作品社
　　　　　〒102-0072　東京都千代田区飯田橋2-7-4
　　　　　TEL.03-3262-9753　FAX.03-3262-9757
　　　　　http://www.sakuhinsha.com
　　　　　振替口座00160-3-27183

編集担当　　青木誠也
装　幀　　　水崎真奈美（BOTANICA）
本文組版　　前田奈々
印刷・製本　シナノ印刷株式会社

ISBN978-4-86182-696-2 C0092
©SHOGENJI Hiroyuki 2018 Printed in Japan
落丁・乱丁本はお取り替えします
定価はカバーに表示してあります

海と人形

生源寺宏行

人間と、人間ならざるもののあわいを見つめる、
諷刺と諧謔に満ちた寓話的詩集。

ISBN978-4-86182-440-1